Lili BAROUF

Petite princesse et grosses bêtises

Le bébé-roller

Arnaud Alméras a la chance de vivre avec trois princesses : ses filles. Pour imaginer les aventures de Lili Barouf, il lui a donc suffi de les regarder vivre, puis d'inventer un dragonneau, une marraine-fée, un serviteur, un téléphone magique, un palais et une forêt enchantée. Ses romans sont publiés principalement chez Nathan et Bayard Jeunesse.

Du même auteur dans Bayard Poche :
Attention, voilà Simon ! (Les belles histoires)
Minuit dans le marais - La grotte mystérieuse (Mes premiers J'aime lire)
Mystères et carabistouilles - Courage, Trouillard ! - Le lit voyageur - Timidino, le roi du pinceau (J'aime lire)

Frédéric Benaglia. A comme Antibes, la ville qui l'a vu naître. B comme Bac arts appliqués, son premier diplôme. C comme communication, domaine dans lequel il a commencé par travailler. D comme *D Lire*, le magazine dont il est directeur artistique. E comme édition, car d'Albin Michel à Tourbillon et de Nathan à Sarbacane, nombreuses sont les maisons qui publient ses travaux. On pourrait continuer comme ça tout le long de l'alphabet... mais si vous préférez, Frédéric peut aussi vous faire un dessin !

Du même illustrateur dans Bayard Poche :
Minouche et le lion - Les apprentis sorciers - La grotte mystérieuse (Mes premiers J'aime lire)
Le concours - Alerte : Poule en panne ! (J'aime lire)

Dépôt légal : octobre 2007
ISBN 978-2-7470-2439-6
Loi du 16 juillet 1949 sur les publications destinées à la jeunesse.

Lili BAROUF

Petite princesse et grosses bêtises

Le bébé-roller

Une histoire écrite par Arnaud Alméras
illustrée par Frédéric Benaglia

mes premiers j'aime lire
BAYARD POCHE

La ville
L'école
de Lili

La Forêt
Enchantée
La chambre
de Lili
Le palais de
hâteau-dingue

orange

Ce samedi-là, la princesse Lili a invité ses meilleurs amis, Matteo et Youssra, à jouer, puis à passer la nuit chez elle, au palais de Château-Dingue.

Après le goûter, chacun s'équipe de rollers, tandis que Lili tend sa montre à Ploc, son dragonneau. La petite princesse explique :

– On va faire la Coupe du monde de slalom entre les piliers du perron. C'est Ploc qui nous chronomètrera. Trois, deux, un, partez !

Les trois amis s'élancent quand, soudain, « Ding ! ding ! ding ! » la cloche du palais retentit.

Boris, le fidèle serviteur, se précipite pour ouvrir la grille.

– Zut ! C'est Tante Ursule et Ivan, son bébé, murmure Lili.

– Mais c'est chouette, les bébés ! s'exclame Youssra.

– On voit que tu ne connais pas Tante Ursule..., soupire Lili.

À la grille, Tante Ursule lance un regard noir à Boris et siffle :

– J'ai failli attendre ! Vous êtes chauffeur, n'est-ce pas ? Conduisez donc la poussette d'Ivan… et ne le réveillez surtout pas !

La visiteuse remonte déjà l'allée à grandes enjambées. Boris, qui doit vite prévenir le roi, n'a pas le temps de refermer la grille ; il saisit la poussette et tente de rattraper Tante Ursule.

En haut des marches, Lili dit poliment :

– Bonjour, Tante Ursule !

– Bonjour, madame, font Youssra et Matteo.

D'un ton hautain, Tante Ursule demande :

– Encore à t'agiter, Lili ? Moi, à ton âge, j'étais sage comme une image. Je lisais toute la journée, assise sur une petite chaise.

Pendant que la reine et le roi, sortis à sa rencontre, accueillent Tante Ursule, le bébé se réveille. Ploc, intrigué, s'approche de lui. Ivan le saisit alors par une oreille et le tire vers lui.

Lili tente de venir en aide à son dragonneau :

– Hé ! Ploc n'est pas une peluche !

Tante Ursule, elle, rit :

– C'est adorable ! Mon angelot veut jouer avec Truc !

Lili proteste :

– Mon dragonneau s'appelle Ploc, pas Truc.

Tante Ursule secoue la tête :

– Comment se souvenir d'un nom aussi ridicule, ma petite ? Bien… j'ai très envie d'un thé, moi. Lili, je compte sur toi pour surveiller Ivan. Ce ne sera pas compliqué : il va jouer avec Troc.

– Un thé… un thé, bredouille la reine. Pourquoi pas ? Nous pourrons bavarder un peu. Boris, pouvez-vous en préparer ?

Devançant la reine, le roi et Boris, Tante Ursule pénètre dans le palais d'un pas décidé.

Ivan, ravi d'avoir mis la main sur une espèce de peluche vivante, mordille l'oreille du dragonneau, lui tire la queue, lui met le doigt dans l'œil… Ploc voudrait bien s'enfuir, mais le bébé le serre contre lui à l'étouffer.

La petite princesse intervient :

– Arrête ! Ploc n'est pas en caoutchouc, tu lui fais mal !

Lili tente de lui arracher son dragonneau des bras. Le bébé devient tout rouge, prêt à piquer une grosse colère.

Matteo grimace :

– Chut ! Il ne faut pas qu'il alerte Tante Ursule ! On passerait un mauvais quart d'heure !

– Et si on promenait le bébé ? propose Youssra. Il oublierait peut-être Ploc ?

– Tu as raison, approuve Lili. Nous allons inventer un nouveau jeu : le bébé-roller ! Ivan va bien s'amuser, et moi, je pourrai libérer Ploc.

Aussitôt dit, aussitôt fait : Lili se cramponne à la poussette et se met à slalomer entre les colonnes. Le bébé rit aux éclats et il finit par laisser échapper le dragonneau. La princesse lâche les poignées pour rattraper Ploc au vol :

– Ça va, mon Ploc ?

Emportée par son élan, la poussette dévale les escaliers du perron. Elle prend de la vitesse dans l'allée et franchit les grilles du palais que Boris a laissées ouvertes.

Youssra, Matteo et Lili sont pétrifiés :

– Ivan ! Oh... c'est terrible !

Ploc bondit sur le dos de Lili, et les enfants s'élancent à roller dans l'allée.

Tout en patinant, la princesse tire de sa poche son téléphone portable. C'est celui que sa marraine-fée lui a offert à sa naissance. Comme à chaque fois qu'elle a un gros souci, Lili appuie sur la touche en forme d'étoile :

– Allô, Valentine ? C'est Lili. Je crois que j'ai fait une bêtise.

Très vite, la petite princesse raconte ce qui lui arrive en terminant par ces mots :

– C'est dramatique... Ah, si seulement le bébé pouvait être indestructible !

Valentine rassure sa filleule :

– Ne t'inquiète pas, Lili chérie, je vais t'aider. Mais, tout de même, tu devrais savoir qu'on n'agit pas n'importe comment avec un bébé !

Puis la marraine-fée prononce une formule magique :

« Abracadabri-cadabra
Gros costaud que voici, invulnérable que voilà !
Mais lorsque la nuit tombera,
L'enchantement cessera. »

Sous les yeux des trois amis paniqués, la poussette quitte la route dans le premier virage et termine sa course dans le fossé.

Arrivés à la hauteur de la poussette toute cabossée, les enfants poussent un cri de stupeur en découvrant le bébé. Assis dans le fossé, il semble en pleine forme : il rit et tape des mains. Cependant... il n'est plus tout à fait comme avant !

– Badaboum ! Aga ! babille-t-il d'une voix grave.

– Il est plus grand que moi ! s'exclame Youssra.

– Il est aussi costaud qu'un rugbyman ! souffle Matteo.

– Il n'a même pas une égratignure... C'est un bébé en acier ! s'écrie Lili.

Les trois amis réussissent tant bien que mal à installer Ivan dans la poussette. Ses longues jambes et ses bras musclés dépassent, mais la poussette résiste à son poids.

Puis Lili, Matteo et Youssra unissent leurs forces pour le remonter jusqu'au palais.

– Il pèse une tonne ! Il pourrait au moins savoir marcher ! râle Matteo.

– On est presque arrivés..., l'encourage Lili.

En passant sous les fenêtres du salon, la petite princesse murmure :

– Baissez-vous ! Il ne faut pas que Tante Ursule voie Ivan, sinon elle va nous assassiner !

Matteo, Youssra et Lili se faufilent jusqu'au garage. Dans sa poussette, l'énorme bébé tente vainement d'attraper Ploc.

– Oh, non ! lance Lili, inquiète. Cette fois-ci, s'il joue avec Ploc, il va le réduire en bouillie. Il faut lui trouver des jouets pour l'occuper.

La petite princesse, accompagnée par Matteo, court jusqu'à sa chambre.

Là, elle hésite :

– Je ne sais pas ce qui va plaire à Ivan...

– On n'a qu'à tout prendre ! propose Matteo. Comme ça, il aura le choix.

Lorsque Lili et Matteo réapparaissent dans le garage, ils tirent le coffre derrière eux. Ils tendent les jouets à Ivan… et n'en croient pas leurs yeux : le bébé arrache les bras d'une poupée en voulant enlever son manteau. Ensuite, il broie une ferme en bois, écrabouille un talkie-walkie et pulvérise un cheval à bascule. Ivan est aussi maladroit qu'un bébé, mais il est doté d'une force impressionnante…

– Quel massacre ! gémit Lili. Tous mes jouets sont en petits morceaux !

Au bout d'un quart d'heure, le coffre est vide, et le garage est un véritable champ de bataille.

Dans sa poussette, le bébé se tortille et grogne.

– Mon petit frère se comporte de la même façon quand il a faim ! dit Youssra.

C'est au tour de Matteo de surveiller Ivan, tandis que Lili et Youssra se précipitent dans la cuisine du palais :

– Nous avons besoin d'un goûter de géant !

Les deux copines déposent cinq paquets de gâteaux, de la compote de pommes et

trois litres de lait dans un grand panier avant de s'éclipser.

En passant devant le salon, Lili y jette un coup d'œil : Tante Ursule est toujours en train de prendre le thé. Elle parle, sans jamais s'arrêter, au roi et à la reine, recroquevillés dans leur fauteuil.

Quelques instants plus tard, Lili et Youssra pénètrent dans le garage, les bras chargés des provisions qu'elles ont récoltées.

Le bébé s'agite tant que la poussette semble sur le point de s'écrouler.

– Vite ! s'écrie Matteo.

Lili ouvre la bouteille de lait et constate :

– Je n'ai pas de biberon, je ne sais pas comment...

Elle n'a pas le temps de terminer sa phrase qu'Ivan lui a arraché la bouteille des mains. Il boit à grandes goulées, s'en mettant partout.

– Ça va peut-être le calmer, espère Matteo.

Mais Ivan devient écarlate.

– Il en veut encore ! s'écrie Youssra.

Lili tend une autre bouteille de lait à Ivan. Le bébé la saisit et avale son contenu d'un trait. Puis il engloutit les gâteaux et s'attaque à la compote en la faisant gicler tout autour de lui :

– C'est un vrai ogre ! s'exclame Lili.

Loin d'être calmé, Ivan s'agite de plus en plus. Soudain, un cri monstrueux jaillit de son gosier. Le bébé hurle tellement fort que les murs du palais tremblent.

– OUIIIIIIIIIIIN !

Tante Ursule bondit de son fauteuil :

– Que se passe-t-il ? Où est mon tout-petit ?

– Le crrri vient du garrrage ! affirme Boris.

De son côté, Lili panique :

– Aïe aïe aïe ! Tante Ursule va être folle furieuse ! Cachons-nous !

Les enfants plongent dans le coffre à jouets.

À peine le couvercle du coffre est-il refermé que la porte du garage s'ouvre avec fracas. Youssra, Matteo et Lili, serrés les uns contre les autres, se bouchent les oreilles : ils s'attendent au pire.

– Ivan ! braille Tante Ursule. Mon petit canari en sucre ! Dans quel état on t'a mis ! Quelque chose a explosé, ici ? Où est Lili ?

La petite princesse soulève légèrement le couvercle pour jeter un œil sur la scène.

Elle murmure à ses amis :

– Ouf ! Ivan a retrouvé sa taille normale ! La nuit vient juste de tomber : l'enchantement de Valentine est terminé ! On a eu chaud !

La reine, le roi et Boris pénètrent à leur tour dans le garage. Le fidèle serviteur aperçoit Lili et s'approche du coffre :

– Pitite prrrincesse, sorrrtez de votrrre cachette.

Le roi croise les bras et tonne :

– Comment avez-vous pu provoquer un carnage pareil ?

Youssra, Matteo et Lili n'ont pas l'intention de raconter la vérité. Les enchantements de Valentine, c'est le secret de Lili. Ce secret, elle ne le partage qu'avec ses deux amis et son dragonneau.

La princesse bredouille :

– On a trop bien joué avec Ivan ! Et on a mis un peu de bazar...

La reine soupire :

– Et la compote sur les murs ?

Lili prend l'air innocent :

– Le bébé avait un peu faim, alors on lui a donné son goûter.

Tante Ursule se penche pour prendre Ivan dans ses bras et devient blanche comme un linge :

– La poussette est complètement cassée ! Quelle horreur !

Matteo vient en aide à Lili :

– Il y a juste eu un microscopique accident. Mais Ivan n'a rien du tout !

La reine secoue la tête :

– J'ai l'impression que vous nous cachez quelque chose… Nous éclaircirons ça plus tard.

Tante Ursule tremble de colère :

– Rentrons vite, mon ange… Ce démon déguisé en fillette t'a fait jouer à je-ne-sais-quoi dans ce garage dégoûtant. C'est honteux !

Le roi et la reine, soulagés de voir enfin partir l'insupportable Tante Ursule, lui emboîtent le pas :

– Nous allons te raccompagner…

Tante Ursule serre Ivan contre son cœur :

– Mon délicat trésor, toi qui es si fragile !

Lili souffle à Matteo et Youssra en pouffant :

– Fragile ? Ça dépend des moments !

Édition

Réfléchir et comprendre la vie de tous les jours

Rire et sourire avec des personnages insolites

Se faire peur et frissonner de plaisir

Rêver et voyager dans des univers fabuleux

Se lancer dans des aventures pleines de rebondissements

Presse

Mes premiers J'aime lire, un magazine **spécialement conçu pour accompagner les enfants du CP et du CE1** dans leur apprentissage de la lecture.

Un rendez-vous mensuel avec **plusieurs formes et niveaux de lecture :**

- une histoire courte
- un vrai petit roman illustré inédit
- des jeux et la BD Martin Matin

Avec un **CD audio** pour faciliter l'entrée dans l'écrit.

Chaque mois, les **progrès de lecture de l'enfant sont valorisés**, du déchiffrage d'une consigne de jeux à la fierté de lire son premier roman tout seul.

Réalisé en collaboration avec des orthophonistes et des enseignants.

le roman

Résumé Damien se dit qu'il va pouvoir amener son chat, si l'école accepte les animaux. Mais la sonnerie du réveil interrompt son rêve. Ce matin, c'est le vrai jour de rentrée…

Chapitre 3

Drôle de surprise…

Je me suis levé, lavé, habillé. J'ai pris mon petit-déjeuner. Mahou ne me quittait pas d'une semelle*. De temps en temps, il demandait :

– Mahououou ?

Je lui répondais :

– Je sais, mon vieux ! Moi aussi, j'aimerais bien t'emmener ! Mais les animaux ne vont pas en classe, sauf dans les rêves…

Et je suis parti à l'école.

Zoé t'explique cette expression page 64.

52 53

Édition

Réfléchir et comprendre la vie de tous les jours

Rire et sourire avec des personnages insolites

Se faire peur et frissonner de plaisir

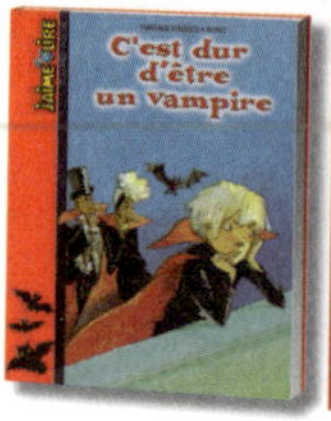

Rêver et voyager dans des univers fabuleux

Se lancer dans des aventures pleines de rebondissements

Tes histoires préférées enfin racontées !

J'écoute J'AIME LIRE

Presse

7-10 ANS

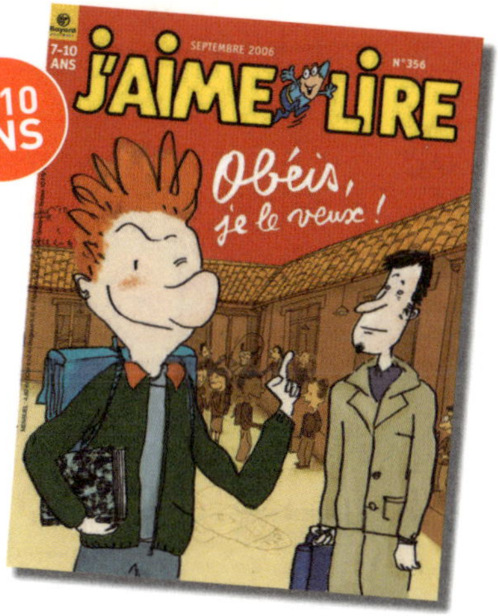

Le magazine *J'aime lire* accompagne les enfants dans des **grands moments de lecture**

Une année de *J'aime lire*, c'est :

- 12 romans de genres toujours différents : vie quotidienne, merveilleux, énigme...

- **Des romans créés pour des enfants d'aujourd'hui** par les meilleurs auteurs et illustrateurs jeunesse.

- Un confort de lecture très étudié pour faciliter l'entrée dans l'écrit : place de l'illustration, longueur du roman, structuration par chapitres, typographie adaptée aux jeunes lecteurs.

Chaque mois : un roman illustré inédit, 16 pages de BD, et des jeux pour découvrir le plaisir de jouer avec les mots.

Pour en savoir plus : www.jaimelire.com

Achevé d'imprimer en 2007 par Oberthur Graphique
35000 RENNES - N° Impression : 7979
Imprimé en France